피어도 되겠습니까

한영수
전라북도 남원에서 태어났다.
2010년 『서정시학』을 통해 시인으로 등단했다.
시집 『케냐의 장미』 『꽃의 좌표』 『눈송이에 방을 들였다』 『피어도 되겠습니까』를 썼다.

파란시선 0102 피어도 되겠습니까

1판 1쇄 펴낸날 2022년 8월 1일
지은이 한영수
디자인 최선영
인쇄인 (주)두경 정지오
펴낸이 채상우
펴낸곳 (주)함께하는출판그룹파란
등록번호 제2015-000068호
등록일자 2015년 9월 15일
주소 (10387) 경기도 고양시 일산서구 중앙로 1455 대우시티프라자 B1 202-1호
전화 031-919-4288
팩스 031-919-4287
모바일팩스 0504-441-3439
이메일 bookparan2015@hanmail.net

ⓒ한영수, 2022, printed in Seoul, Korea

ISBN 979-11-91897-24-1 03810

값 10,000원

피어도 되겠습니까

한영수 시집

시인의 말

백 년보다 긴 밤이 있다

보란니부란니, 눈보라 역으로 가는 밤이 있다

어쩌다 지나가는, 그렇지 않을 수도 있는 기차를 기다리는 밤이

있다

하염없는 가능과 하염없는 불가능 사이 어디에서

분수처럼 솟구치다 순간 무너지는 밤이 있다

무너지는 힘으로 다시 피는 밤이 있다

무위의 되풀이, 그걸

너를 부르는 높이라고 적는

오늘 밤이 있다

차례

해설

제1부 누구나 있어서 누구도 없는

선정릉

잠깐 울었다 미래가 생겼다
스무나무 연두는 지나갔어도

무덤은 부풀어 오른다
둥글게 제자리로 돌아오는 길이를 가졌다
죽었어도 그날 손목의 시계처럼

정확하게 살아나는 한때가 있다

메추리나 까투리가 지나간 게 아니었다
시작이 있었고 너는 한 사람이었다

여기서 아직
우리는 세계였다

조용한 사람

동네마다 버스 정류장이 있다 사람들이 내리고 사람들이
탄다

벚꽃이 핀다 한 나무에서 어떤 가지는 지고 있다
끄무레하니 날씨는 조용하다

그 사람도 조용했다 생명보험을 외판하면서 그날따라
콧물을 줄줄 흘렸다 어쩔 수 없이 가입했는데 만기도 되기
전에 죽었다 그전에는 국회의원 후보였다 그전에는 용접
공이었고 미싱사와 결혼했고 그전에는 자고 났더니 자췻
집 지붕이 날아가 버렸더라, 신림동에서 대학을 다녔다 그
전에 그전에는 빗줄기가 굵어지면 먼저 하교하던 아이, 내
를 건너 산밑에 살았다 징검돌이 잠기기 전에 건너야 했다

이 거리에는 또 중국집이 있다 짬뽕 한 그릇에 작은 전
복을 올려 준다 근대문학관 옆에 있다 퇴근이 늦은 사람
들이 들어가서 조용히 저녁을 때운다

그리고 청라미용실이 있다 먼지 쌓인 창가의 제라늄이
붉고 거울 속에서 눈물이 하얀, 아침이면 바쁘게 묶던 긴

머리를 자르고 어린 딸아이가 소리 없이 울던 날도 이 거리의 일이다

외로워지는 사람들

—

저는 잘 있어요,
휴대폰을 닫고 누가 운다

광장엔 일요일이 있고
커피는 커피와 마주 앉아서
햇빛을 모은다

커피는 모르는
햇빛은 모르는

눈물은

누가 가진 일요일의 전부
기어 나오다 주저앉은 말

자전거가 지나간다
운동화가 뛰어간다
누구나 있어서
누구도 없는

—

광장은 울기에 무방한 곳
누가 누구인지 질문이 없는 곳

한 사람이 혼자 울어서
광장은 저녁놀 장소를 잃어 간다

황금가지

—

그저 무엇이라도 해 본다는
그렇게 시작되었다

솟구치는 빙벽 겨울나무 고공 높이에 기생하는 화분은
내가 만든 사랑의 좁은 장소였다

겨우 잎
겨우 가지

사랑의 식물은 간단하지 않아 보여 줬다 순간,
얼굴을 가리고

아무것도 안 하는 게 잘하는 일이지,
멈췄다가도 실뿌리를 내렸다 찬물 한입을 정성껏 삼키
고

모두가 겨울이라고 말할 때
거짓말이야, 사실은 무서워서 고개를 돌렸다

—   머뭇거리는 빛을 이끌어 밀어 올린

황색은 나의 녹색
녹색은 나의 황색

이런 것도 사랑이라고 부를 수 있을까,
어디서부터 반성해야 하는지 모르는 나는

겨우살이가 대개 그렇듯 무서워할 자유만 있었다

왼 손바닥엔 앙가라강이

이것만이 오늘일 리가 없어,
저녁쌀을 씻다가 왼 손바닥 호수가 기슭을 친다 조그맣
게 호수를 뚫는다

북북서로
타이가의 침엽 속으로

앙가라강이 흐른다 한 줄기 생각이 급류를 탄다

매일 끓는 찌개를 속이고 아홉이나 많은 접시를 배반하
고
돌을 던져도 소용없어 낙엽이 네 번 져도 돌아오지 않을
테야,

호수 깊숙이 고여 있는 나를 끌고
달아나는 강이여 한 발씩 멀리 국경을 넘는 나의 악녀여

영하 사십 도
이별이 많아진다 오늘이 드넓어진다 가고 있는 것만으
로 얼지 않는 입술이 악녀의 씨를 뿌린다

무엇으로 시작해서 무엇이 끝내는지
알 수 없는 전설로 얼굴을 꾸미고

시베리아 벌판을 횡단한다 접었다 폈다 긴 밤을 늑대와
함께 달린다

● 앙가라강: 바이칼 호수에서 발원하는 유일한 강. '달아나는 여자'의
전설을 품고 있다.

휘파람

파 머리는 희고 달았다 쪽파 머리가 강가의 오리처럼 열
을 지은 파전이었다
눈으로도 먹느라 나는 가만가만 야금거리고
늦은 점심이었다
나무 탁자가 여섯 놓인 국숫집
주인은 손가락이 길었다 주방장이면서 종업원인 그는
스님에게 배운 대로 좋은 것만 쓴다고 능이버섯 막걸리로
잔술을 채워 주었다
그때쯤에는
누가 바라보는 것을 따라서 보게 되고
가슴에 거처하는 텃새 한 마리 날아올랐을 것이다 징검
돌을 밟고 살얼음 낀 강을 건너뛰었을 것이다
풍기는 처음이었다
역(逆)방향이었다 출발과 도착을 되풀이하면서
기차는 끈질기게 달렸다
별 뜻은 없었다
내일은 더 추워진다 하고
스스로 피를 식혀 체온을 잃지 않는 조류의 맨발에 발
바닥을 대어 보자는 마음이었을까
추위도 밥을 먹고

추위도 문득, 휘파람을 불어 본다는

그런 정도였다

전복

볼 테면 보라지
둥글납작 몸뚱이 아주 벗어 버릴 듯이
겹겹이 숨겨 놓은 속내를 드러낸
그러나 방패 같은
주먹은 쥐고
어물전
손님 없는 오후
모두가 얌전히 아름답게 죽어 있는 생선 옆에서
무엇엔가 단단히 성난 몸짓으로
그러나 목구멍에 걸린
아우성
뿔 하나 없는 것이
물어뜯을 이빨도 못 가진 것이
기껏 삼사천 원 패류인 처지
제풀에 지쳐
나자빠지며
그러나 깨어나
다시, 비좁고 목마른 플라스틱 함지박
푹 꺼진 더러운 세상
비까지 왜 질금거려서

뒤집히며

뒤집으며

전복을 전복할 듯이

적과의 동침

감자를 깎았다 아파트 오 층에서 싹은 두고 흰 살만 먹은 쥐는 어떻게 알았을까 싹이 독인 것을 닫힌 문도 열린다는 것을

엎어 둔 함지박이며 묵은 연장통 어디를 뒤집어야 들킬까 언제 쑤셔야 잡힐까 쥐덫? 쥐약? 이런 말은 지워 버리고 싶고 세탁기며 창문을 두드려 본다 혼자 왔나? 일가족이?

바깥은 겨울 있어야 할 장소라는 듯 조그만 발로 다가와 조그맣게 입을 벌리고 같이 먹고 같이 좀 살자는 게 나쁜가 그러니까 종지기 동화작가와 친구였다는 빌뱅이 언덕 아래 생쥐와 침몰하는 배를 감지하고 먼저 달아나는 쥐들의 연년세세 목숨과 십이 분이면 지뢰를 찾아낸다는 아프리카 내전 지역의 주머니쥐 동글동글 쥐눈이콩 닮은 눈동자가 떠오르는 것인데

다 보이는 것도 아니다 쥐구멍의 햇볕에 대해 쥐 젖에 대해 나는 쥐뿔도 모르고

24

그런데, 오늘 밤은 쥐죽은 듯 새까맣다

비밀

밟힌 자리 또 밟혀서
지렁이가 꿈틀거린다
노란 담즙이 흐르는 채로

최선을 다해 머리부터
최선을 다해 꼬리부터

최선을 다해 지렁이다

고통에는 고통만 가득할까
한 가지 색만 있을까
빼앗아도 되는 것일까
끝내야 하는 것일까

산책로 한쪽에선
잘린 때죽나무 가지가
잘려진 그곳에서 봉오리를 피우고 있다

꽃은 어떻게 오는지
언제 바람은 터져 나오는지

일부는 어디서 전부가 되는지

그것은 비밀
오십육억 칠천만 년 동안 밀봉되어 있고

죽어 가는 가지가 지렁이를 태운다
풀숲까지 다리를 놓고 있다

식물 살자

이것은 반동
반성도 없이 몸이 아프다
온몸으로 온몸이 물만 먹는다

푸른색도 붉은색도
오늘의 할 일도
내 것이 아닐 때

몸은 모르게
죽기로 하자

창문 밖에 먼 너머의 빛으로
흔들리는 겨울나무처럼
죽음 위에 시작하는 식물성
앙상한 뼈와 살갗을 가볍게 드러낸 채
벌거벗은 힘으로

겨울을 알고
꽃을 알고

그래, 지금은 손을 놓아
손톱을 자르거나 귓밥을 파거나

조금만 사는 겨울나무
수상한 계절에 기대 보는 거다

책에게 구걸하다

지하도 입구
걸인이 책을 읽는다
모자를 벗어 뒤집어 놓고

점점 코를 박는다
책이 되어 책에게
구걸하고 앉았다

책은 뒤통수가 커다랗고
가리키는 것이 많고

바람이 책장을 넘긴다
해진 외투 자락 모래 한 알에서
간밤의 사하라를 읽는다
다음 문장은 무엇입니까?

행인 1 걸음이 느려진다
동전 몇 개 모자 속에 떨어진다
행인 2 돌아본다

금방 지하에서 나왔는가
들어가기 직전인가
비명인가 가라앉는
돌덩이인가

눈으로는 읽을 수 없다
중간만 남아 실금이 많은 책은

거기서 멈춰 있다

●간밤의 사하라를 읽는다: W. G. 제발트, 『토성의 고리』.

좌표 이탈

 광록은 고수였어 형 홍록이 소리를 할 때 북을 잡았단
말이지 한자리에 앉아서 밥도 못 먹었다잖아 발심한 그는
제주로 떠났다네 외딴 섬 외딴 폭포 아래서 외따로이 소리
공부를 했어 저~ 가운데 배 두웅 둥~ 심청가의 범피중류
가 그냥 나온 게 아니야 진양조장단으로 세상이 다 파도
를 탔다니까 춘향가의 귀곡성이 나오면 촛불이 알아서 꺼
진다는 형의 소리를 능가하게 된 거지 광록의 아들 우룡
은 특히 수궁가의 토끼 배 가르는 대목을 잘했어 하지만
성대를 잃어 제자 양성에 주력했지 소리의 한 시대를 세
운 건 삼 대째 만갑이었네 그는 원각사에서 활동했고 벼
슬자리에도 올랐지 어떤 대목이든 거침이 없었어 장터 비
단 포목점과도 같이 노랑을 원하면 노랑을 퍼렁을 원하면
퍼렁을 내놓았다지 아들 기덕이 소년 명창으로 이름을 날
린 건 당연한 일이야 그러나
 그는 순사가 되었다네

제2부 하나 둘 셋을 셌다

옛돌박물관

돌아오지 않는 것은 돌이 되어 서 있나

그것은 할 수 있고 그것은 할 수 없던
퉁방울눈들이 무언가 한 가지씩 보고 있다 한 가지 생
각에 잠겨 있다 한 군데씩 부족한 주먹코들이 아는 얼굴
을 닮았다

꽃을 들었거나 가슴에 벼 이삭을 올렸거나 허리춤에 도
깨비방망이를 끌어다 맸거나 기도의 내용이 돋을새김이다

닮지 않는 것은 슬프다
갑자기, 자꾸만, 붉어지는 피

귀는 그대로 양쪽에 커다랗게 열려서 한 번 더 부르는
내 목소리 듣고 있나 늘 웃는 넙죽한 저 이마를

열두 살이 되도록 좋아했다 앞니가 빠진 그날도 온갖 것
들의 주제를 놓고 우리는 아옹거렸다

피어도 되겠습니까
―동백

―

충분히 불안합니다

순간 쏟아질 한 사발 피에
아름다움이 붐빕니다

빨강의 내부를 열고
들어가 더 완고한 빨강에서
베어 문 빛깔로
지배받지 않는
단어로

꽃 피어도 되겠습니까

겨울로 격리된
심장 한 덩이
변방을 두드려 댑니다
아우성치며 눈발이 때를 맞추는

이런 밤에
이런 밤에

꽃을 가진 겨울에 대하여
겨울을 가진 꽃에 대하여

한마디 넘쳐도 되겠습니까

유르트

돌 같은 것은 던지지 말자
양에게도 풀에게도
무릎을 꿇었지
그때 우리가 봄이었을 때
새끼손가락을 걸어서 세운 집
두 가슴과 그곳이 있었다
지붕 가운데는 뚫어
구름의 양털을 섞었던가
광장과 밀실이 넘나들었다
양들이 일없이
풀 뜯는 냄새를 풍기면
하루의 아침이 왔어
나는 일어나 감자와 당근을 채 썰어
만두를 빚었다 네가 한 끼분의 흰 젖을
두 손에 받아 오는 동안
여름 다음에 오는 겨울은
생각하지 말자
서른 개의 이름으로 구름을 부르는 곳
달리고 구르다가
눈물이 긴 이야기는

바위에 그렸을라나

사글세 이만 원이었다

하나, 둘, 셋을 세고 나서

기차를 탔지

다리가 모자란 곤충이었을 때

우리가 두리번거리는 틈새였을 때

무엇이 되지는 말자

하루에 한 번은 꼭 어두워졌다

바람은 사방에서 불고 최선을 다해

바람을 오독하던 단칸방

●두 가슴과 그곳이 있었다: 신동엽,「껍데기는 가라」.

별이 빛나는 밤

사흘 비가 갠다 돌나물도 먹을 만치 자랐다
마음을 내어야 나물은 보인다

손 하나를 오므려 바구니를 만들고 다른 손으로 돌나물
을 뜯으면
여기도 있네, 그이도 손바구니를 만들며 반걸음 옆에
허리를 구부린다

백설기에 돌나물김치는 맛도 있다는 옛사람의 시를
나는 떠올린다 한번은 좋아하는 이에게 들려주고 싶은
데

이럴 때 나는 예뻐진다
나물같이 은은해져서

오솔길이 오솔길을 가지 친다
더 조그만 말에도 말이 이어진다

식물의 기울기로 우리가 되어 간다 그러면서 오늘 밤은
전등을 끄고 별까지 걸어가는 길도 그려 보겠다는 마음

이 우러나는 거다

●백설기에 돌나물김치는 맛도 있다: 백석.
●전등을 끄고 별까지 걸어가는 길도 그려 보겠다: 고흐가 테오에게 쓴
편지 중 "늙어서 평화롭게 죽는다는 것은 별까지 걸어간다는 것이다."

중심

개망초가 떼로 돋았다 정원의 변두리에서
변두리는 없어요, 발화하는 울대가 울렁거린다

일없이 새순 한 줌을 솎았다
끓는 물에 데쳐서 찬물에 헹구고 집간장에 들기름 깨소
금 조물조물 맑은 술 두어 잔 곁들이고 있으면

노을이 오는 소리 하루의 변방에서 네가 오는 소리 너는
끌려온 아프리카 노예들의 꽃이라고 이야기한다 목숨의
질긴 내력, 그리하여 어떻게 화해에 닿았는지
꽃말은 몰라도

개망초는 작게 태어난 꽃
마음을 모아서 둥글게 여름 정원의 중심을 만든다
그걸 알고 예초기도 차마 비껴간 제힘으로 나는 나비
가 날개의 무게를 쉬는 벌들이 찾아와 별처럼 붕붕거리는

초란 프라이 같아……
꽃 가운데 너를 세우고 마음이 어려져서 마주 보고 웃는

●개망초의 꽃말은 '화해'다.

행간

비좁은 가슴에 빈자리가 생겼다 종유(鐘乳) 하나 떨어져
나간 동종을 앉히니 저녁이다

그 저녁이 노을에 붉은 것은 잊었다 그러나 종소리, 종
유 빈자리를 문지르며 우는 어딘가 여기가 있다

덜어서 나눠 주는 음조로
한 칸씩 물러나며 원래 그곳으로 돌아가는 음색으로

나를 지배하는 종소리

선을 넘는다 불이문(不二門)을 타고 자작나무 백 리 개
울을 흐른다 생각의 백 가지 모서리가 바람도 쐬고 바위
도 쐬면서
풀벌레 소리거나
꾸물거리는 빛 꼬리이거나

당신은 받아 살펴 주세요
둘레를 넓히는

종소리

위에 종소리 위에

고독이 온다

시시포스가 온다
시발시발이 온다
엘리베이터 없는 아파트 오 층으로

올리고 올리고
걸어 내려가 다시
들어 올려야 하는 바위
택배 덩어리가 온다

오늘의 기온은 체온을 초과하고
아무리 걸어도 끝장을 볼 수 없는 거리
자신의 미궁을 향해
아니오, 세 번도 더
뱉어 내는 비명

뭉개진 눈코입이 온다
온몸이 온몸을 밀면서 온다
계단만으로 만들어진 길
무릎을 굽히며 막고 있다가도
한번은 터져 나오고야 마는

불립문자

시발 한 덩어리가 온다
혼자서 온다
무쇠문 현관 틈새를 벌리며
차마 받을 수 없는 두 손은
그만 도망치려 하는데

밤보다 더 밤 같은
한여름 한낮이 온다
머리도 꼬리도 없는 고독이
고독을 밀어 올린다

스리랑, 카인의 죄

바로 그때 폭발한 저유소에 대해
타 버린 휘발유 260만 리터에 대해 43억 원 손실에 대해
17시간 동안 화염과 검은 연기와 공포에 휩싸인 도시에
대해
경찰의 손가락은 스리랑카인을 가리켰다

카인의 아들인 죄
스리랑카에서 태어난 죄
이국의 노동자가 된 죄
한번 살아 보자 풍등을 날려 보자
터널 공사장에서 새벽부터 일한 죄
그날은 인근 초등학교에서 '아버지 캠프'가 열리고 지난
밤 풍등을 띄우고
저도 모르게 하늘을 올려다본 죄 그때 하필
달무리는 아내를 낳고 아빠를 부르며 달려오는 아들을
낳고
그래, 나도 멋진 아버지가 되어 보자
우리도 한번 풍등을 날려 보자
밤하늘을, 어둠을
제대로 한번 날려 버리자

풍등을 쫓아간 죄

풍등 하나를 주운 죄

풍등을 날린 죄

꿈을 꾼 죄

꿈이 얼마나 비싼지 모르고

둥실 떠오른 죄

비극이 이름을 얻을 때

애가 잘못됐다고 하더라고요
컨베이어벨트에 끼어 숨진 청년의 엄마가 울고 있다

기계가 고장 나고
그런데 고장 난 건 기계뿐일까

석탄 덩이는 왜 자꾸 밑으로 빠지는지 끄집어 올리던
그날 밤도 탄가루를 뒤집어쓴 청년은 컨베이어벨트와 함
께 돌았다

나는 모른다 무엇을 찾아 청년은 나아가려 했는지 말이
없는 물고기 옆에서 왜 물속 숨을 쉬는 방법을 독학했는
지 없는 허파가 생기기를 기다리며 어떡해서라도 숨을 쉬
어 보려 애쓰는 파충류의 고생대를 탐구하는 데 점심시간
을 거의 다 써 버렸는지

밤의 순환을 멈춘 순간에도 청년은 그곳으로 나아가는
첫걸음인 줄 알았을까
부품 하나가 떨어져 나갔구나, 세상의 어두운 면에 눈
을 감고 컨베이어벨트가 계속해서 돌아가는 그 순간에도

혼자 기계를 지키던 이십대 노동자가 기계에 끼여……

오늘의 뉴스는
어제의 조명 어제의 앵글

고장 난 건 기계야 잘못된 건 뉴스야
나는 아니야, 아니야
돌아서는 순간,

비극이 이름을 얻는다 비극은 순간을 비집는 재주가 있
다

조나

밥은 안 먹고 기타만 끼고
일은 안 하고 노래만 흥얼거리고

맞아도 울지 않았지 담벼락 아침볕에 조는 조나

산으로 들로 부지깽이도 바쁜 봄날이었네 조나, 조나,
새된 부름에도
그러거나 말거나

동네 새댁이 지나다가 웃었네 조나는 따라서 웃었지 웃
는 것만이 가장 빠른 노래였네 줄 하나를 튕기면서 두리
번거리다가

멍하니

불러야 할 노래를 놓쳤다는 듯이
처음부터 노래는 없었다는 듯이
노래가 너무 많아서 무엇을 불러야 할지
생각하면 할수록 모르겠다는 듯이

콩밭머리 무덤가에 줄 끊어진 기타만 남았네

업둥이 존화는 어디서 왔는지
조나는 어디로 갔는지

바람이 간지럼 태워도 그러거나 말거나

겨울 화분

진눈깨비입니까
진눈깨비가 쏟아지는 그대로
젖은 신입니까 젖은 신 그대로

나팔꽃 씨를 심는다
아름다운 이야기는 저곳에 있고

뿌리줄기를 모아 나를 밀어 올린다
얼음 호수를 달아나는 바이칼의 물줄기처럼
캄캄한 화분에서 나팔 소리가 난다
툰드라의 겨울을 헤엄치는 아주 작은 물고기의 속도로

골목을 회전한다
어둡습니까 얼마나 멀리 있습니까 이쪽이 맞습니까

계산하지 않는다

마음을 맞대는 일은 조금씩 어긋나기 마련이고
이렇게 가는구나, 어느 날은 하품을 하면서 낮잠에 빠
지기도 하겠지만

겨울 화분에 물을 준다
씨앗처럼 단단한 패배를 키워 보자는 거다

코로나 시대의 사랑

반찬의 가짓수를 줄이고
즐기던 반주 한잔을 늦춘다

마음을 굶기고
가시를 쳐낸 화병의 장미처럼

두 걸음 걷다가
한 걸음 물러난다

접시를 깨뜨리고도
그저 웃음이 나오는

주워 담은 조각과
멀리 튄 조각

사이 어디에서
창문은 흙비

내가 무엇을 사랑하는지
궁금하지 않다

싸움을 해 본 건 언제였나
비명은 언제 질러 보았나

내게는 일도 아니던 늦잠이

하루는 쉽고
하루는 어렵다

제3부 모과꽃 떨어진 물에 발을 씻고

모과꽃 떨어진 물에 발을 씻고

　서릿발이 닿자 모과는 나무를 버린다

　아래로 아래로 전체를 다해 울퉁불퉁 맨주먹이 그러한
그대로 삶을 계속한다

　봉건을 식민을 삼 년 돌림병에 삼 년 전쟁을 살아 내는
얼굴이다 정말은 무섭고 정말은 춥고 외딸은 시간이 익어
서 향기를 풍길 때까지 모과는

　주먹을 풀지 않겠다는 거다 닥치는 대로 생떼거리를 부
릴 기세다

조금 붉어라

—

네 번 물었습니다
네 번 모르겠습니다

더 높은 것과 더 빠른 것 사이
오늘의 섬입니다

움직이지 않으려고
자두가 떨어지는 여름, 셀 수 없는 자두의 시간을 움직여
서 더 조그맣게

비를 모으는 책상

하지 않아도 됩니다 우산을 펴지 않아도 장화를 꺼내지
않아도
다정하지 않아도 비굴하지 않아도

할 수 있습니다
한 바퀴 돌면 한 세월이 갑니다 제자리에서

—   꽃봉오리의 망설임

웅덩이에 차오르는 검은 물

탱자나무 가지가 엉기듯 엉긴 생각에서 자란 가시가 웃
자라는

누구도 읽지 않는 밤의 은유 그러나
지금 깨어 쓰는 손

모래가 절반입니다
돌 몇 덩이가 시작과 끝을 반복합니다

고칠 수 있는 것이 미덕이지만 돌아앉은 등이
추워 추워 추워

조금 붉어라, 비가 그치면
생각지도 않은 것을 생각한 표정의 가면을 써 봅니다

역병 제국

— 　그냥 돌 조그만 돌
　흔들리다 말다 돌덩이

　비슷하게 얼굴 없이
　조용하게 입 없이

　빠른 발 억센 손은 버렸습니다
　먼 곳이 사라졌습니다

　희망 없이 사랑합니다
　하루는 언제나 오후 네 시

　걷는 법을 잊지 않으려고
　구름 운동화를 신어요 빗속에서는 빗방울 원피스를 입
어요

　저기까지만
　저기까지만

— 　일 분 단위의 숨을 담느라

능선인지 골짜기인지 구분하지 않아요

버려도 좋은 몇 가지를 더 말할 수 있는데
입을 빼앗겨 말줄임표가 지나갑니다

육십령

전방은 터널입니다
처음 가는 길입니다

소금 짐을 짊어지고 다 왔다, 이제 다 왔다, 거의 다 왔다,
혼잣말을 하며 언니도 넘었다는 육십 고개는
시작과 끝이 무한입니다

아침엔 절반은 잊을 수 없다는 문장을
절반은 잊을 수 있겠다, 고쳐 읽었습니다

무슨 구별이 있기는 있을 것입니다
스스로 일으키는 파문에 대해 조심하는 소금쟁이처럼
한 연못 속에서 지켜야 할 선을 그어 보는

사이와 사이의 교통로
숨겨야 할 것도 생기고
잠을 쫓는 뒤통수도 두엇 있습니다
이 어둠 속엔 그러나 밤하늘의 드러난 적 없는 별처럼
진짜로 아름다워서 쉽게 모습을 보이지 않는 것이 있을
지도 모르고

다른 사람의 신을 신어 봅니다

날카로움을 버린 속도
그 표정 하나 얻을 것도 같아

멸치들의 함성

기차가 달린다 설원을 달린다 달리고 달리는 기차를 아홉 시간 생중계하는 북극의 방송처럼

말에 오르다가 미끄러지고 미끄러지고 또 미끄러지는 서부극의 퇴물 총잡이처럼

있는 것도 없는
없는 것도 없는
버릴 것도 없는

무게 일 그램 정도
비와 저녁과 소주와 친한
나를 꽤 닮은
변변치 못하다, 옛사람이 추어(鰍魚)라 이름 지은

그런데 눈알들이 눈앞에서 굴러다닌다
아아아 함성을 지르는 입 모양을 하고

구석에서 구석으로 뒤엉켜 떠돌며
때때로 태연한 군무

등 푸른 뼈대는 살아서

바닥을 치는 소리
비를 타고 빈 잔은 담으라 하나

호랑거미입니다만

굴뚝 아래
꽃나무 아래
호랑거미입니다만

은백의 거미줄을 짜고 있어요
머리가슴을 넓히고 있어요

칸칸이 꽃잎을 쌓았어요
꽃 하나 잎 붉은 목숨이어서
받아 올리고 있어요 거꾸로
매달려서 대형 그물을 펼쳤어요

난쟁이도 굴뚝 위로 올라갔거든요
계단을 걷어차고 불끈
주먹을 올렸어요 조그만 손이에요
보세요, 삼백 일째 고립되었어요
굴뚝은 춥고 제자리뛰기를 하고 있어요

인간이, 자동차가, 지나가고 지나가는
지나가 버리는 비정의 길모퉁이에서

굴뚝 아래
꽃나무 아래
호랑거미입니다만

그물 짜기는 멈출 수 없어요
생각보다 부드럽고 생각보다 단단해요
나방을 놓치고 끼니를 놓치고
오늘 기울어진 난쟁이를 읽는 눈은

호랑거미 저의 홑눈이 유일합니다

여기가 로두스다

언제 저지르나 저질러 버리나
언제 살아 있다는 생각이 떠오르고
타타타 자신을 뛰어넘나
가로수 아래 풀잎을 기대고 방아깨비는
하나 남은 뒷다리
밤으로 숨어든다
불거진 겹눈이
최소한의 유배자처럼 웅크린다
없는 두 무릎을 굽혀 보다가
꽁지를 들어 보다가
언제 더듬이를 세우나
가야 할 곳으로
육차선 가득히 불빛은 달려가는데
언제 스스로를 안무하여
타타타 뛰어오르나
부싯돌을 부딪듯이 날개를 부딪쳐
초록 불꽃을 일으키나
어둠이 발효시킨
몸보다 커다란 춤을 추나

호우

나에게는 뒷산이 있어 모자를 삐딱하게 눌러쓰고 에움
길로 걸으면 하루가 걸리는
마음의 봉긋 솟은 부분이 있어

영변의 약산에서
옮겨 심은 꽃

연분홍이 오네 봄비가 오고
가야지, 가야지, 하면서
못 간다는 옛사람이 오네

비탈에 바위틈에
어려운 장소마다 기다림이었으니
뼈 없이도 가지런히
비는 비를 재건하고

빗물을 받아
잘 울던 뒷모습이 오네
연분홍 한 잎 손바닥에 올려 주고
한 걸음 앞서 걷던 노래가 오네

물 축제

'묘'로 시작하는 이름 너는 수요일에 태어난 소녀
머리에 노랑 꽃을 꽂았다 가슴에 노랑 꽃 화분을 앉혔다

맨발로 걷는다
남자들이 긴 치마 론지를 차려입고
뒤따라 걷는다 맨발이다
내전 중인 수류탄과 기관총 사이에
노랑 꽃이 만발한다
물 축제를 벌인다

금빛 사원에서 우리는 만났지 지난해였지
남자들의 전쟁
총탄을 버리기 위해
어제와는 다른 복수를 위해
남자 몸에 갇힌 여자를 위해
조금조금 나도 함께 맨발이었지

짐승을 몰아내는 데 꼭 사자가 필요한 건 아니에요
다 같이 사자가 될 필요는 없어요

노랑 꽃을 받으세요
맨발을 믿으세요
노랑 꽃을 던진다

서울의 보도에 민들레가 솟는다
세 손가락을 펼친다

미얀마의 새해를 끌어올린다

●미얀마는 사월에 새해맞이 물 축제를 벌인다.

김밥 할머니

낙원역 1번 출구에 쪼그려 앉지 마세요
밤을 새워 제방의 구멍을 막은 소년의 팔목 같은
김밥을 말지 마세요 한 줄에 천 원짜리
새벽부터 팔아서 통장에 쌓지 마세요
죽으면서 일억 원 기부하지 마세요
전 재산을 내놓지 마세요
머릿수건 없이는 웃풍을 이기지 못하는
단칸방에 혼자 눕지 마세요
가난의 총탄을 맞았구나,
아프다 아프다,
비명을 지르세요
외롭다, 춥다, 늙은 몸에게
따뜻한 국밥을 먹이세요
팔다 남은 차디찬 김밥
프라이팬에 데워 먹지 마세요
색깔 고운 목도리도 한 장 두르세요
가난이 가난을 구한다네,
낙원을 세우지 마세요
밑가지째 꺾여서도 꽃봉오리 올리는 생강나무처럼
노란 얼굴로 앞장서서 봄을 피우지 마세요

게으름을 피우세요 노인정에서
백 원 내기 화투 놀이도 하세요
부디, 위인이 되지 마세요
손톱만 한 크기로 조간 21면에 박제되지 마세요

이름

장례식장 와서야 알았다 유순이
데쳐 놓은 나물 같은 이름

제 이름 찾아서 좋은가
종이 접시 몇 놓인 제상인데
비스듬히 웃고 있다
첫 월급 턱으로 속셔츠 한 장에
나까지 챙겼나, 눈물 비치던 여자

자식 없는 도봉 할아버지 난봉질 끄트머리
씨황소 고삐 따라온 여자
섬진강 아홉 구비 돌아온 여자
써럭초 연기를 잘도 먹었지
막걸리 한 사발을 밥보다 즐겼지
백중 밭고랑 불볕에 녹던 여자
밤도망도 했지 찬바람 불면
옆구리가 먼저 시리다는 여자
단풍보다 붉은 입술로
씨 다른 딸아이 셋이나 들이민 여자

뭐 할라고 왔나,

넌지시 반기는 웃음이다

화장해 버려라, 유언이

저녁 빛에 젖는다

나설 때는 혼자여도

가다 보면 길동무도 만나겠지

육백 리 물속 굽이쳐서 하동 포구 빠져나가는 유순이

잠깐 돌아본다 이름 같은 것 쓸데없다,

새 웃음 비친다

박막달 씨의 기차

안골 사는 박막달 씨는 일곱 시간 기차를 타고 서울 아
들네 간다 차비 걱정 없이 갈아타는 걱정 없이 언제라도
고추장이며 된장을 싼다 역마다 쉬면서 창밖 구경도 하고
오르내리는 타지 사람들과 말도 섞으며 삶은 달걀도 나누
고 그러다 시들해지면 한잠 자는

무궁화 완행열차가 이달 말로 끝난다

저 기차를 타고 내 사랑의 스물도 오르내렸다 편지를
쓰고 혀끝에 침을 모아 봉투를 봉하다가 아예 편지를 들
고 밤 열한 시 기차에 올라 새벽 여섯 시 잠든 창문을 깨운

그때 즐거움에 떨던 기차는 비둘기호였던가 조금 빨리
가면서 값이 비싸지는 통일호 무궁화호가 있고 많은 역을
건너뛰며 휙휙 지나가는 건 새마을호였지

평화와 통일과 무궁화가 새마을보다 대우받지 못한
시집 한 권이 오백 원이던 참 옛날 일이지만

오늘은 고속열차의 적자를 메우기 위해서란다 더 빨리

가면 무엇이 있나 쫓기는 것처럼 빨리 가서 어디에 도착하나 그리운 것들은 뒤에 있는데 박막달 씨는 햇고구마와 일찍 턴 들깨를 챙긴다 시나브로 뒤로 가는 시간 위에 한 번 더 앉아 보려는 거다

호수에서 사흘

생각해도 되는 건 무얼까
생각에 잠겼다

다음 날도 생각에 잠겼다
생각해선 안 되는 건 무얼까

사흘째 날 호수 건너 국도로
흰 트럭이 지나갔다
생각 하나가 트럭의 꽁무니를 쫓아갔다

호수의 수면이 조금 낮아졌다

사람은 어느 정도 많은 생각에 잠길 수 있을까
휴대폰도 내려놓고
가야 할 어디도 두고 나는
많은 것같이도 생각하며

또 다른 생각에 잠기는 것이었다

제4부 어지럽고 아름다울 때까지

비처럼 음악처럼

레인이었다 처음으로 영어를 배우기 시작한 내가 이름
을 준 강아지
양조장 집에서 안아 왔다 비가 오는 날이었다

이웃에 존도 해피도 메리도 놀았지만 나를 따라다녔다
아버지 막걸리 주전자에서 한 모금 따라 주곤 했다 쳐다보
는 눈동자에 물기가 많았다 눈길의 끝이 멀었다
닿을 수 없는 그것을 짐작만 했다

일요일 아침 쥐약 먹은 쥐를 먹고 집 안팎을 내달렸다
불타는 고통이 그저 달리고 달렸다 정을 붙인 나와도 무
엇과도 눈을 마주치지 않았다

아궁이 앞에 등을 보인 빗소리
이별이 어떤 건지 알고 가는 빗소리

남아 있는 일이 어려운 봄날이었다

오늘의 커피

엄마 가시고
여름 가고
가을 가고

마음에 맺힌 것은 그날
회색 말고 분홍색 단화를 사 드릴걸
송곳처럼 불거지는 생각은
국숫집에 손잡고 갈걸

나는 사랑에 실패했습니다
어설픈 고백은 아니고
사랑은 손발을 움직이는 거지
늦은 공부랄 건 없지만

예전에 대송장의사가 성업하던 자리
오늘의 커피를 파는 오늘은
창문이 넓고
청계천이
레테의 강인 듯
청계천 너머까지 흐르고

내 그리움은 이런 것이다
엄마 콧등에 어룽거리는
지난가을 저녁 빛, 은행나무 아래
동춘원 국수를 건져 올리는
가늘게 떨리는 가는 젓가락

새것으로 남긴 엄마의 회색 신을 신고
나는 오늘의 커피처럼 먹먹해진다
그날 고운 빛 한 켤레 안겨 드릴걸

이야기는 계속된다

여름이었다 방학이었고 그이는 고향 집 전화번호를 적었다

생각하다 문득 전화를 걸면 "잠깐 기다리슈", 투박한 목소리가 받았다 그리고 마이크 긁는 소리 "수산떡 네 둘째 아들 아가씨한테서 전화 왔슈—"

이야기는 그렇게 시작된다 간단하지만
나는 모르는 게 많았다

다이얼 전화기가 동네에 한 대 있다는 거
회관을 겸한 순미네 구판장에 놓여 있다는 거
순미 할매가 미원이나 라면을 팔다가 파리채를 쥔 채 전화를 받고 중개한다는 거
서울서 대학 다니는 수산떡 네 둘째가 연애한다네, 온 동네에 스피커가 와글거린다는 거

무엇보다 그이의 집은 구불구불 골목 끝이라는 거
회관까지는 이백 미터가 넘는 거리라는 거
골방에서 책을 읽던 그이가 신발 한 짝 겨우 걸치고 달리기를 한다는 거

어지럽고 아름다울 때까지
단순한 얼굴로 정오에 닿을 때까지

그다음은

몰라서
이야기는 계속된다

산곡리

들어갈 수는 있지만
머물 수는 없는

과거가 존재하거나
그렇지 않거나

손가락이 모자란 손들이 모여든 골짜기 무너진 성터와
조용한 절 마당과 조용히 살면서 닭을 치고 달걀을 내다
파는 마을
그 그늘 가까이

정해지지 말자
돌아서서 개울처럼 달아나던
소년이 있었거나
그렇지 않았거나

삼백 년 배롱나무는 팔월도 오후 두 시
늙은 여승은 가사 장삼 갖추고
경을 읽는다

닭이 우는데
산곡 깊은 곳에서
거기가 아닌 다른 곳에서

어른들은 알아듣는 어투로
무슨 뜻은 없다는 듯이

서과투서

비단에 채색된 그림은 커다란 수박과 쥐 두 마리
한 놈은 수박 속으로 들어가 코를 박았고 또 한 놈은 목
을 길게 빼어 망을 보고 있다

저 천진은
어린 날 당신도 겪은 난만은

화가가 금강전도의 흙산은 둥글게 바위산은 뾰족하게
그리던 생의 중반기에는 생각도 못 했을 거다 벼슬자리
높이 청풍계를 그리던 원숙기에는 시작도 못 했을 거다

생쥐의 장난기 어린 눈망울
짧으나 음악처럼 휘어진 꼬리
보잘것없는 것을 보는 눈은
그리는 손의 힘을 뺀 이후였을 거다

그리고 그려도 그림 밖으로 나가는 그림
말년의 대작 인왕제색도를 접자
마침 비가 개고
씻긴 눈에 보였을 거다

우주의 한쪽을 갉작이는 초라한 제 모습
수박 서리보다 재미없는
그림 그리기

나를 활용하라 기꺼이 이용하라
늙어서야 화가는 선물한다
한여름 수박 맛을
달고 시원한 웃음을

●서과투서, 금강전도, 청풍계, 인왕제색도: 겸재 정선의 작품.

땅 세 평

—

대장, 좋은 생각이 났어요 가지고 있는 책들을 한곳에
모아 불을 질러 버립시다

조르바의 생각이 아니더라도
책 무덤이 필요하다

내게도 천장 높이 짊어진 아파트 벽돌이로 세우고도 남
은 어깨에도 걸리고 발에도 채는 아침에도 새끼발가락이
부딪혀 멍든
책 더미가 있어

한곳 땅이 필요하다
저울에 달거나 쓰레기가 아닌 예의를 갖추어 화장하고
죽은 것들이 꽃을 피워

뭔가를 좀 알게 되는

한 평은 작고
세 평쯤 욕망해도 큰 잘못은 아니겠지

—

재를 묻은 세 평 땅에 방울토마토를 심으리

방울방울 안팎이 붉어 산들바람에 흔들리다가 거센 비
보라에 몸부림도 쳐 보는 자유

하지만 영영 작별이 그리 쉽나

한곳 땅이 없어 차라리 다행인가

●대장, 좋은 생각이 났어요. 가지고 있는 책들을 한곳에 모아 불을 질
러 버립시다. 그러면 뭔가를 좀 알게 되지 않을까요?: 니코스 카잔차스
키, 『그리스인 조르바』 중에서.

슬픔도 둥글게 늙어 가는

―

관음죽이 범람하네
안방에서 주방에서 거실에서
귀가 어두워 가는 엄마의 물병마다
뿌리를 내렸네

관음이 뭔 말이다냐?
엄마는 묻고
나는 종이에 쓰네

세상의 슬픈 것들을 듣는다
잘 알지도 못하는 경전을 풀어

쓰고 나니 정말
세상에 어떤 큰 귀가 있어
슬픔의 소리를 담아 안는 것 같은데

알고서 물으시나 엄마는
잎사귀만 커다란 식물을 키우시나

― 엄마, 일없이 나는 불러 보네

엄마가 바라보네 그저 웃네

눈가의 주름처럼 둥글게
슬픔도 늙어 가네

별리, 2005

의정부까지
차마, 따라나서지는 못하고
골목 모퉁이에서 너는 돌아서고
나도 돌아서니 눈물이다
설거지물 틀어 놓고 그릇을 닦으며
너 빠져나간 옷이며 이불이며
빨래를 하며
물 흐르는 소리에 마음 놓고 울었다
말이나 해 볼걸, 영화 속 무인도 같은 데 그냥 가서 살
자고

네 동생 주려고 더운밥 차렸다가
참을 수 없이 치미는 눈물
코 풀어 가며 울었다
결혼 전날 밤 내 이마 자꾸만 쓸며
똥밖엔 버릴 것 없다 눈물짓던
외할머니 전화 받고 화장실에서 울었다
오늘도 네가 묻힌 똥
변기를 닦으며 쏟아지는 물소리에 엉엉 울었다

얼어붙은 땅 철책에 수자리 살러 간 아들아

겁 많고 무시로 미운 짓이던 아들아

술 먹고 새벽 한 시 현관에

무더기무더기 게워 놓기도 했는데

빈방 네 자던 자리 누운 밤

새로 또 눈물이 흐른다

바람 소리 창문 저쪽은 검은 영하인데

코뚜레 꿰이는 송아지마냥

시퍼런 젊음으로 펄펄 뛰던 아들아

내 사랑은 이것뿐이구나

먼 데 사람

여기가 내 자리다
어느 해 할아버지 성묫길에
아버지 앉은 자리
삽에 흙을 조금 담아 내가
세 번 나누어 뿌린 자리
몸의 무게 삼십오 킬로그램
작아지던 시간에
울며 손을 넣어 보던 자리
천연스레 봄이 돌아오듯이
무가 그린 동그라미
틀니를 끼고도 깨물어 먹던
주꾸미 민머리
볼록볼록 터지는 소리
아무 때고 큰기침 소리
뾰죽뾰죽 떼 풀 돋는 소리
살아서도 먼 데 사람
아주 먼 데 사람 돌아오는 소리

망설이다 겨우 귓속말 아빠,
한번은 부르고 싶던 다정한 반말을 들으신 걸까

섬

아카시아 잎을 따는 여자여
벌써 한 시간째 울타리 안으로 손을 넣어
아카시아 잎만 따고 있는 여자여
내가 산허리를 돌아오는 동안에도
아카시아 잎을 따고 있는 여자여
치마폭에 수북이 담아 놓은 여자여
아카시아 잎은 보지 않는 여자여
가시에 찔린 여자여
우는 걸 잊은 여자여
당신을 기다립니다
꽃말을 삼킨 여자여
선을 넘어간 여자여
하얗게 아카시아꽃 머리에 핀 여자여

나물하다

할매들을 따라 나물하러 산에 가면 금년에도 봄이 온 거다

산나물은 벌목지 해 바른 경사면에 흩어져 있다 제 걸음에 맞추어 앞서 오르는 이가 있고 물도 마시고 뒤도 돌아보며 해찰하는 이도 있다
처지면 처진 대로

고사리를 생각하면 고사리가 보인다 취를 생각하면 취가 보인다 산나물은 뱀을 만나 서로 놀랄 때까지 한다 겨울잠에서 힘없이 깬 국수나무 덩굴이 우거지기 전까지는 두세 번이고 한다

나물에 골몰하다가도 갈 때가 되면 알아서 할매들은 모인다 허리를 펴고 취떡을 나누어 먹으며 웃는다 내용 없이도 곧잘
나도 웃는다

가을 우체통

고추잠자리 둘이 가슴과 꽁지를 잇댔다 붉은 하트가
한로 지나는 쥐똥나무 거미줄에 걸렸다

거미는 엿보고
우주의 그물망이 조여 올 때

무슨 편향도 없이 우리는
잠자리나 되랴

쭈글쭈글 생활의 옷은 울타리 쥐똥나무에 걸어 두고
날개옷 망토를 펼쳐 부끄런 데는 가리고
있는 숨을 함께 그러모아

쪼개지지 않는 미궁 속으로
한번은 꾸다 접은 꿈속으로
하늘색 하늘 높이

첨벙거리며
빠져나 보랴

목격자

잠깐 클로즈업된
화면 속 남자

엎어치다
저도 모르게 되치기당한
올림픽 결승전 선수

울지도 못하네
텅 빈 눈동자
뒷모습이 납작해지네

나는 우연한 목격자
그래그래 심정이 물들어
모르는 그 남자 기억하네

누군가를 대신해 진 자리
조금 빠르거나 늦어
결국은 우리가 주저앉을 자리

길을 가다가 자다가도 가만히 더듬어 보네

무너지는 힘으로 다시 피는 삶

이병국(시인·문학평론가)

전등을 끄고 별까지 걸어가는

　한영수 시인의 네 번째 시집 『피어도 되겠습니까』를 읽으며 삶의 편린을 만져 본다. 파편화된 무수한 시간이 하나의 삶을 구축하며 발생하는 고취는 담담함으로부터 연유한다. 그것은 제 나름의 골똘과 열심인 일상의 반복 그리고 한발 비켜선 관조의 시선으로 말미암아 지금, 이곳의 나로 이어진다. 그로부터 시인은 "부서진 시간들의 손을 잡고"(「풍죽(風竹)」, 『케냐의 장미』, 서정시학, 2012) "망각을 흔들어 깨우는/불안처럼 불안에 연루된/부정처럼"(「꽃의 좌표」, 『꽃의 좌표』, 현대시학, 2015) 삶의 바깥을 응시하며 "생활의 비탈은 선악의 건너편"에 있음을 감각한다(「늑대」, 『눈송이에 방을 들였다』, 파란, 2018). 이러한 감각은 「시인의 말」에서 언급했듯 "하염없는 가능과 하염없는 불가능 사이 어디에서/분수처럼 솟구치다 순간 무너지는 밤"을, 그리하여 "무너지는 힘으로 다시 피는 밤"으로 존재하는 삶의 심층에 가닿는다. 이는 "무위의 되풀이"라서 다시 삶의 표층으로 솟구쳐 올라 시인의 언어로 형상화된다. 그렇게 형상화된 시인의 언어를 통해 우리는 우리와 동행하는 삶과 그 고투의 곁에 다가가 성찰의 계기를 얻는다.

시의 곁에는 언제나 삶이 놓여 있다는 사실을 우리는 간과할 때가 종종 있다. 낯선 기호로 발현된 언어적 기교로서의 시에 한 걸음 다가가 살펴본다면 그것이 삶을 향한 내밀한 사유를 토대로 삼는다는 것을 알 수 있다. 시는 삶의 메타포이기 때문이다. 이때 원관념과 보조관념의 관계를 고려할 필요는 없다. 시로 쓰인 언어 그 너머에 존재하는 삶을 상상하며 이를 우리의 삶으로 가져와 비춰 보는 것만으로도 충분히 삶의 메타포로서의 시를 향유할 수 있다. "동네마다 버스 정류장이 있"어 "사람들이 내리고 사람들이 탄다"는 것, 그 곁 어디쯤에서 "벚꽃이" 피고 같은 "나무에서 어떤 가지는 지고 있"음을 감각하는 것만으로도 우리의 삶이 지닌 단면을 그려 볼 수 있게 된다(「조용한 사람」). 이러한 감각은 "나팔꽃 씨를 심"어 "툰드라의 겨울을 헤엄치는 아주 작은 물고기의 속도로" "저곳에 있"는 "아름다운 이야기"를 아무렇지 않게 이편으로 가져와 경쾌하게 요청한다, "씨앗처럼 단단한 패배를 키워 보자"고(「겨울 화분」). 한쪽에서는 꽃을 피우면서 다른 쪽에서는 가지가 지는 아이러니한 상황 속에서 저곳의 아름다운 이야기로 이곳에 "단단한 패배를 키워" 보려는 역설로 무장한 한영수 시인의 『피어도 되겠습니까』의 안쪽으로 조금 더 들어가 보도록 하자.

악녀의 씨를 뿌리다

삶의 메타포로서의 시는 아도르노의 말을 빌려 말하자면, 축적된 고통에 대한 기억을 붙잡아 역사 기술로서의 문학이 되어 존재의 개별적 고통을 경유함으로써 인간의 역사적 심층에 관해 질문하면서 비롯된다. 이는 사회적 맥락을 전유한 한 개인의 사적 경험이 보편적 존재로서의 역사적 층위를 내면화한 채 현재적 사건으로 영속화되는 삶의 발화로 이어진다. 반복되는 일상은 개인의 고유한 경험이면서 역사적이고 보편적인 현실을 힘축하며 그 안에 내재한 수많은 이야기를 펼쳐 보임으로써 "정확하게 살아나는 한때"(「선정릉」)로서의 삶에 대한 이해를 가능케 한다.

이것만이 오늘일 리가 없어,
저녁쌀을 씻다가 왼 손바닥 호수가 기슭을 친다 조그맣
게 호수를 뚫는다

북북서로
타이가의 침엽 속으로

앙가라강이 흐른다 한 줄기 생각이 급류를 탄다

매일 끓는 찌개를 속이고 아홉이나 많은 접시를 배반하

고

　돌을 던져도 소용없어 낙엽이 네 번 져도 돌아오지 않을
테야,

　호수 깊숙이 고여 있는 나를 끌고
　달아나는 강이여 한 발씩 멀리 국경을 넘는 나의 악녀여

　영하 사십 도
　이별이 많아진다 오늘이 드넓어진다 가고 있는 것만으로
얼지 않는 입술이 악녀의 씨를 뿌린다

　무엇으로 시작해서 무엇이 끝내는지
　알 수 없는 전설로 얼굴을 꾸미고

　시베리아 벌판을 횡단한다 접었다 폈다 긴 밤을 늑대와
함께 달린다
　　　　　　　　　　　　　　─「왼 손바닥엔 앙가라강이」 전문

　시적 주체는 "저녁쌀을 씻다가" 생각한다, "이것만이 오
늘일 리가 없"다고. 반복되는 일상, 삶, 생활을 문득 깨닫게
되는 순간, 시적 주체는 "왼 손바닥"에 펼쳐진 "호수"를 느
낀다. 시베리아의 남쪽, 이르쿠츠크에 위치한 넓디넓은 바
이칼 호수가 주체의 손바닥 아래에 놓인다. 그러나 호수가
아무리 넓은 품을 지녔다 해도 주체에게는 고정된 삶의 값

만을 부여하기에 "깊숙이 고여 있는 나"로 매몰될 위험을 경험하게 한다. 익숙한 일상이란 주체로 하여금 공백으로 작용하여 고통을 야기할 뿐이다. 그렇기 때문에 주체는 "조그맣게 호수를 뚫는" 상상적 수행을 감행한다. 익숙한 풍경으로부터 낯선 세계로의 탈주를 소망하는 것이다. "매일 끓는 찌개를 속이고 아홉이나 많은 접시를 배반하고" "북북서로/타이가의 침엽 속으로" "급류"를 타는 자신을 상상하며 낯선 세계가 흐르도록 한다. 이러한 자신에게 "돌을 던져도 소용없"고 "낙엽이 네 번 져도 돌아오지 않을" 거라 다짐하는 주체는 이전과는 다른 위치에 선다.

주석으로 처리된 앙가라강의 전설인 '달아나는 여자'를 전유하여 시적 주체는 반복되는 일상에 균열을 일으킨다. 스스로의 삶을 다른 방식으로 이행하여 새로운 주체의 탄생을 소망하며 이전과는 다른 삶을 복원하려는 것이다. "무엇으로 시작해서 무엇이 끝내는지/알 수 없"지만, "그저 무엇이라도 해 본다는"(『황금가지』) 심정으로 탈주를 감행하곤 "가고 있는 것만으로 얼지 않는 입술"로 "악녀의 씨를 뿌린다". 주목해야 할 점이 있다. 그것은 '악녀'로 스스로를 표상하는 시인의 의지라는 점이다. 여성에 대한 문학적 표상은 흔히 '가정의 천사/사회의 악마'의 형태로 이분화되어 반복, 재생산되어 왔다. 성별에 따른 위계로 강제된 여성의 지위는 "저녁쌀을 씻"어 밥을 짓고 가정을 안락하게 만드는 사적 공간 내에 머물도록 한정되었다. 또한 가정에 박제된 여성은 자신을 성찰할, 다른 현실을 모색할 기회조차 부

여받지 못한 채 모성과 같은 희생적 여성상으로 추앙되었다. 반면 공적 영역에서 사회 활동을 하고자 하는 능동적인 여성에게는 호의적이지 않은 시선을 보이며 그들을 악녀로 폄훼했다. 지금은 다른, 변화된 시대라고는 해도 가사 노동, 돌봄 노동은 여성이 마땅히 해야 할 일이라고 생각하는 것은 그리 변하지 않았다. 그런 점에서 여성의 현실은 여전히 "시베리아 벌판"과도 같다. 시인은 그곳을 "횡단"함으로써 "오늘이 드넓어"지도록 "악녀의 씨를 뿌"리기를 소망하는 것이다.

> 제풀에 지쳐
> 나자빠지며
> 그러나 깨어나
> 다시, 비좁고 목마른 플라스틱 함지박
> 푹 꺼진 더러운 세상
> 비까지 왜 질금거려서
> 뒤집히며
> 뒤집으며
> 전복을 전복할 듯이
>
> ─「전복」 부분

> 밟힌 자리 또 밟혀서
> 지렁이가 꿈틀거린다
> 노란 담즙이 흐르는 채로

최선을 다해 머리부터

최선을 다해 꼬리부터

최선을 다해 지렁이다

(중략)

산책로 한쪽에선

잘린 때죽나무 가지가

잘려진 그곳에서 봉오리를 피우고 있다

—「비밀」부분

  "비좁고 목마른 플라스틱 함지박"과 같은 강제된 삶을
살아가는 "기껏 삼사천 원 패류인 처지"인 '전복'이나 "밟힌
자리 또 밟혀" "노란 담즙이 흐르는 채로" 고통 속에 놓인
'지렁이'를 '여성'의 처지에 빗대어 읽는 것은 어쩌면 과잉인
지도 모르겠다. 그러나 '전복', '지렁이'를 '여성'의 곁에 나란
히 놓음으로써 세상의 폭력에 노출된 서발턴(Subaltern)으
로 전유하여 읽는 일은 유의미한 독해이기도 하다. "스스로
피를 식혀 체온을 잃지 않는 조류의 맨발에 발바닥을 대어
보"려는(「휘파람」) 시인의 마음은 권력의 구성물이자 배제된
존재를 향한 은밀하고도 정교한 담론에 저항하여 서발턴의
실존적 목소리를 대리하고자 하는 문학적 수행으로 읽히는

것이 사실이다.

흥미로운 점은 배제되고 소외된 존재를 향한 시인의 시선이 그들이 처한 부정적 현실에 머물러 있지 않다는 점이다. 아무런 내적 갈등 없이 "제풀에 지쳐/나자빠지"도록 강제된 상황, "밟힌 자리 또 밟혀서" "노란 담즙이 흐르는 채로" 널브러진 고통의 상태를 묘사하는 데에서 그치는 것이 아니라 "무엇엔가 단단히 성난 몸짓으로" 소리를 내며 "최선을 다해 지렁이"로 꿈틀거리는 실천의 양상을 묘사함으로써 "뒤집히며/뒤집으며/전복을 전복"하고자 하는 수행을 재구성하고 서사화하는 데 시인의 방점이 찍혀 있다는 점을 주목할 필요가 있다. 외부에서 오는 폭력으로 말미암아 "잘려진 그곳에서 봉오리를 피우고 있다"는 것을 펼쳐 보이는 한영수 시인의 시선은 서발턴의 개별성과 고유성을 복원하고 그들을 향한 세계의 요구가 이루어질 수 없으며 부당하기만 한, 텅 빈 욕망임을 폭로한다. "악녀의 씨"는 악녀가 되도록 강제한 세계를 전복하고 다른 가능성의 봉오리를 피우게 하는 새로운 주체의 탄생을 불러온다.

여기서 아직 우리는 세계였다

이러한 시인의 분투는 첫 시집 『케냐의 장미』 때부터 위험에 노출된 존재의 비극을 돌보는 마음으로부터 지속되어온 일이기도 하다. 뉴타운 3구역 재개발 사업으로 인해 매몰되어 "사회면 하단을 빠끔히 밀고/몇 줄에 요약된 그"를 (「그는 발견되지 않았다」) 향한 안타까운 재현의 양상은 이번 시집에서도 이어진다.

기계가 고장 나고
그런데 고장 난 건 기계뿐일까

석탄 덩이는 왜 자꾸 밑으로 빠지는지 끄집어 올리던 그
날 밤도 탄가루를 뒤집어쓴 청년은 컨베이어벨트와 함께 돌
았다

(중략)

밤의 순환을 멈춘 순간에도 청년은 그곳으로 나아가는
첫걸음인 줄 알았을까
부품 하나가 떨어져 나갔구나, 세상의 어두운 면에 눈을
감고 컨베이어벨트가 계속해서 돌아가는 그 순간에도

혼자 기계를 지키던 이십대 노동자가 기계에 끼여······

오늘의 뉴스는
어제의 조명 어제의 앵글

고장 난 건 기계야 잘못된 건 뉴스야
나는 아니야, 아니야
돌아서는 순간,

비극이 이름을 얻는다 비극은 순간을 비집는 재주가 있
　다

　　　　　　　　　―「비극이 이름을 얻을 때」 부분

　　희생자의 구체적인 이름을 언급할 수 있을 만한 사건이
있었다. 화력발전소에서 작업 도중 컨베이어벨트에서 이상
한 소음이 발생하자 이를 알아보기 위해 점검하던 중 컨베
이어벨트와 롤러에 끼여 죽음에 내몰린 이십대 비정규직
노동자의 비극. 이는 단지 기계의 고장으로 인하여 벌어진
비극이 아니다. 산업현장에 만연한 '위험의 외주화'라는 비
극. 이는 자본주의 경제체제의 문제이자 그로 말미암아 벌
어진 참사이다. 시인은 참사의 현장이자 "밤의 순환을 멈
춘" 청년의 안타까운 죽음의 순간을 재현한다. 그러나 이
재현은 단순히 사건의 기록에 머물러 있지 않다. 한 인간의
죽음을 "부품 하나가 떨어져 나갔구나"라고 여기며 "세상
의 어두운 면에 눈을 감고 컨베이어벨트가 계속해서 돌아
가는" 부정의한 사회에 대한 비판으로 나아간다. 이를 보도
하는 "오늘의 뉴스는/어제의 조명 어제의 앵글"이지만, 참
사를 보도하는 데 머무른다면 이 뉴스는 "잘못된" 것일 따
름이다. 그러나 시인이 이보다 더 문제로 여기는 것은 "나
는 아니야, 아니야"라며 "돌아서는" 것이다. 참사에 고개를
돌리고 외면하는 순간 "비극이 이름을 얻는다"는 진실을 폭
로한다. 그 외면의 "순간을 비집"고 들어서는 비극. 자본주

의 경제체제의 구조적 문제를 넘어 그것을 내면화한 채 자신의 일이 아니라며 외면하는 이들이야말로 참사를 멈추지 않게 하는 결정적 비극임을 시인은 분명히 한다. "밤하늘을, 어둠을/제대로 한번 날려 버리자/풍등을 쫓아간" 것, "꿈을 꾼" 것이 "죄"가 되는 세상에서(「스리랑, 카인의 죄」) 할 수 있는 일이라곤 "굴뚝 위로 올라"가 "삼백 일째 고립되"어야만 하는 '호랑거미'의 투쟁이다(「호랑거미입니다만」). 그것이 단지 몇몇 당사자들만의 고독이 되지 않도록 하기 위해서는 외면하지 않고 눈을 맞추고 곁을 내어 주는 "마음을 모아서 둥글게 여름 정원의 중심을 만"들 필요가 있다(「중심」). 이때의 '중심'은 우리가 알고 있는 중심/주변의 이분화된 구조를 토대로 두지 않는, 연대의 울타리라고 할 수 있을 것이다. "변두리는 없어요"라고(「중심」) 발화하는 시인의 말은 이를 증거하는 것일 테다.

　타자가 내몰린 자리를 변두리, 주변이라 칭하지 않고 그 자리를 새로운 중심으로 전환하려는 전복의 의지와 "누구도 읽지 않는 밤의 은유 그러나/지금 깨어 쓰는 손"의(「조금 붉어라」) 간절한 염원은 어디에서 연유하는 것일까. 그것은 어쩌면 "시작과 끝이 무한"인 "육십령" 삶의 노정에서 "날카로움을 버린 속도/그 표정 하나 얻"었기에 가능한 것이 아닐까(「육십령」). 열 개의 간(干)과 열두 개의 지(支)를 모두 교차하여 지나온 시간을 통해 순행의 질서를 체감한 이가 서 있는 곳은 중심도 주변도 무화된, 또 다른 기원의 경계인지도 모르겠다.

서릿발이 닿자 모과는 나무를 버린다

아래로 아래로 전체를 다해 울퉁불퉁 맨주먹이 그러한
그대로 삶을 계속한다

봉건을 식민을 삼 년 돌림병에 삼 년 전쟁을 살아 내는
얼굴이다 정말은 무섭고 정말은 춥고 외딸은 시간이 익어서
향기를 풍길 때까지 모과는

주먹을 풀지 않겠다는 거다 닥치는 대로 생떼거리를 부
릴 기세다

— 「모과꽃 떨어진 물에 발을 씻고」 전문

모과의 잠재성은 나무를 버림으로써 비로소 발현된다.
이를 위해 요구되는 것은 생존에 결박된 삶에서 벗어나려
는 의지와 생애를 건 능동적 투쟁이다. "전체를 다해 울퉁
불퉁 맨주먹"을 들이밀 태세에의 요청. "봉건을 식민을 삼
년 돌림병에 삼 년 전쟁을 살아 내는 얼굴"은 주어진 정체
성 속에서 자신을 온전히 소진하며 "무섭고" "춥고" "외딸
은 시간이 익어서 향기를 풍"기게 될 때까지 "주먹을 풀지
않"을 것이다. 단순히 살아남는 생존의 문제가 아니라 자
신의 온 생을 다하여 투쟁해야 하는 바를 알고 "닥치는 대
로 생떼거리를 부릴 기세"로 "삶을 계속"해 나가는 것. 그것
은 자신에게 주어진 단순한 일상을 청산하고자 하는 의지

적 수행이 된다. "있는 것도 없는/없는 것도 없는/버릴 것도 없는" "변변치 못"한 모습일지언정 "등 푸른 뼈대"를(「멸치들의 함성」) 존재의 현실태로 삼아 삶을 계속하는 것이야말로 세계의 총체적인 문제로부터 타자화되지 않고 고갈되지 않는 잠재태로서의 모과의 개체성을 유지하는 일일 것이다. 그리고 이 개체성은 자기 동일성의 범주 안에서 억압받는 이들과의 공동체적 울타리를 엮는 기반이 될 것임이 분명하다.

블랑쇼는 비탄과 비탄의 움직임과 뗄 수 없는 연약함 가운데, 충만의 가능성이 되고, 글쓰기가 도달하여야 할 유일한 것이기도 한 길 없는 목적에 관해 이야기했다. 한영수 시인이 엮어 내는 삶의 조각들은 연약함 속 충만한 가능성의 공동체를 지향한다. 물론 이는 실제적인 연대를 통한 환대의 공동체를 모색하는 것과는 다르다. 시인의 윤리는 비극을 목도하며 그 비극을 자기 삶의 한 부분으로 가져와 같이 슬퍼하는 데에서 비롯한다. "낙원역 1번 출구에 쪼그려 앉"아 김밥을 파는 할머니를 향한 바람이나(「김밥 할머니」), "남자 몸에 간힌 여자를 위해/조금조금 나도 함께 맨발"이고자 하는 태도(「물 축제」), 죽음 이후에 이름을 찾은 "유순이"의 생을 복기하며 삶의 결손을 재현하는 시인의 목소리는(「이름」) 글쓰기가 도달하여야 할 유일한 것으로서의 길 없는 목적 즉 비탄과 비참의 현실이 불행으로 침잠하는 것을 거부하는 윤리적 수행인 셈이다.

이러한 수행은 삶의 고통을 부정하며 그것을 삭제해야

할 것으로 여기지는 않는다. 한병철이 『고통 없는 사회』에서 이야기한 것처럼 고통이 없다면 우리는 사랑하지도 살지도 않은 것이기 때문이다. 한병철은 고통은 결속이라서 모든 고통스러운 상태를 거부하는 사람은 결속 관계를 맺을 능력이 없다고 했다. 한영수 시인이 앞의 시에서 보여준 시적 분투야말로 타자의 고통을 나의 고통으로 감각하고 그 고통에 기대 결속의 가능성을 모색하는 일이라 할 수 있을 것이다.

피어도 되겠습니까

그러나 결속의 가능성을 모색하는 일은 언제나 불안을 동반한다. 타자의 고통에 귀를 기울이며 "세상의 슬픈 것들을 듣는" 일은(「슬픔도 둥글게 늙어 가는」) "결국은 우리가 주저앉을 자리"를(「목격자」) 앞서 경험할 위험 또한 포함하는 것이기 때문이다. 그럼에도 이러한 위험을 무릅쓰고 주변을 중심으로 전환하고자 하는 것은 "창문 밖에 먼 너머의 빛으로/흔들리는 겨울나무처럼/죽음 위에 시작하는 식물성"이자 "앙상한 뼈와 살갗을" "드러낸 채" "벌거벗은 힘으로" 나아가는(「식물 살자」), 어쩌면 죽음을 목전에 둔 위태로움을 감당해야만 겨우 얻을 수 있는, 삶의 가능성인지도 모를 일이다.

충분히 불안합니다

순간 쏟아질 한 사발 피에
아름다움이 붐빕니다

빨강의 내부를 열고
들어가 더 완고한 빨강에서
베어 문 빛깔로
지배받지 않는
단어로

꽃 피어도 되겠습니까

겨울로 격리된
심장 한 덩이
변방을 두드려 댑니다
아우성치며 눈발이 때를 맞추는

이런 밤에
이런 밤에

꽃을 가진 겨울에 대하여
겨울을 가진 꽃에 대하여

한마디 넘쳐도 되겠습니까
　　　　　　　　—「피어도 되겠습니까—동백」 전문

이번 시집의 표제작인 「피어도 되겠습니까—동백」에는 불안한 존재가 그 불안을 뚫고 꽃을 피우고자 하는 열망으로 충만하다. '동백'에게 불안은 꽃을 피우기 위해 감당해야 할 무엇으로 작용한다. "순간 쏟아질 한 사발 피"로 상징되는 동백꽃의 외형은 불안이 야기하는 긴장을 시각적으로 그려 낸다. 그것은 "아름다움"으로 붐비는 결정이면서 자신의 연약함을 "더 완고한 빨강에서/베어 문 빛깔"로 승화시키는 능동적 의지의 양태처럼 보인다. 그리고 이 양태는 시인의 시 쓰기와 결합하여 시인의 존재 증명을 추동해 간다. 다시 말해 '동백'으로 상징되는 시인의 발화는 '동백'의 양태를 그대로 모사하는 데 있지 않다. 현실의 모사를 넘어 "빨강의 내부를 열고/들어가 더 완고한 빨강"을 마주하는 일, 그로 인해 현실에 "지배받지 않는" 존재로 시인을 자리하도록 이끈다. 그럼으로써 저 선명한 "빨강"은 무엇으로도 "지배받지 않는/단어"가 되고 "겨울로 격리된/심장 한 덩이"는 시인이 쓰는 시에 대한 메타포로 현전케 한다. 그런 점에서 "피어도 되겠습니까"라고 묻는 물음은 시련을 뚫고 꽃피우려는 '동백'을 전유한 시인의 시론에 해당한다고 볼 수 있겠다.

조금 더 논하자면, 치열한 성찰에 바탕을 둔 "피어도 되겠습니까"라는 설의적 물음은 "우리가 두리번거리는 틈새였을 때/무엇이 되지는 말자"라고(「유르트」) 하는 단정적 어조와 마찬가지로 특정한 소격 효과를 만들어 냄으로써 은유적 방법론으로 작동한다. '피어남'에 수반되는 구체적 행

위는 시인이 지향하는 시의 형이상학적 휘장을 걷어 낸다. 이는 「금강전도」나 「청풍계」를 그리던 겸재 정선이 「서과투서」를 그리게 되는 것처럼 "생의 중반기" 혹은 "원숙기"를 지나 "손의 힘을 뺀 이후" "보잘것없는 것을 보는 눈"을 얻게 되면서 가능한 일이다(「서과투서」). 그럼으로써 시인은 거대하고 원대한 이념이나 개념 너머 "보잘것없는" 것으로 간주된, 그래서 소외된 존재를 보듬으면서 그 내부를 밝혀 익숙하여 낯선 삶의 실재를 우리에게 인상적으로 제시한다.

시인의 책무는 안온함으로 은폐된 세계의 균열을 폭로하고 그 위태로움 속에서 한 줄기 빛을 발견하여 이를 형상화해 고통받는 이들의 곁에 나란히 서는 데 있다. 시인은 시를 통해 현실의 억압이 야기하는 고통을 구현함으로써 나와 네가 결속하여 저항의 거점을 마련하고 새로운 가능성의 차원으로 우리를 옮겨 놓는다. 이러한 전환의 메커니즘은 시적 주체, 더 나아가 삶의 주체로 하여금 무엇으로도 "지배받지 않는" 강한 생의 의지를 고양시킨다. "변방을 두드려" 대며 "아우성치"는 "눈발이 때를 맞추는" 겨울, 고립되고 고독한 이들의 목소리를 대신할 "단어"를 발화하며 "넘쳐도 되"는 폭발의 기제를 마련하여 미지의 가능성으로 나아가도록 이끄는 "무위의 되풀이". 현재의 고통을 감당하며 "꽃을 가진 겨울"과 "겨울을 가진 꽃"의 이후를 상상하는 일. 한영수 시인이 펼쳐 보이는 시적 감각은 불안한 현재와 그 고통에 침윤하여 이를 바탕으로 "단단한 패배를 키워" 내는 한편 그것을 낙담으로 전락게 하지 않음으로써

"무너지는 힘으로 다시 피"어 오르는 삶을 향해 있다.